KB075046

노래가 날아오른다

현대시에서 펴낸 박재연의 시집

텔레파시폰의 시간(2018, 문학나눔 선정)

노래가 날아오른다

박재연 시집

생각이 물질이 되기까지
돌아온 먼 거리

관념을 뭉쳐
똑
분지르면
생강나무 꽃향기가 난다

생각나무 꽃에서 생강 냄새가 난다

차 례

● 시인의 말

제1부

제2부

제3부

제1부

동물 편

두어 달 남쪽을 다녀오는 동안
집이 동물을 들였다

낮과 밤을 사이좋게 양분하면서
새끼를 낳도록 거들었다

불을 피워 냉골을 달래고 청소를 하고
소파에 누워 TV 리모컨을 돌리자

생쥐 두 마리 TV 아래를 지나간다

거인 관객을 보고 조금 놀란 듯
새카만 눈이
반짝
흑요석 같다

내가 눈빛을 확장하자
쥐들도 더 반짝

눈빛을 높인다

그뿐

익숙하게 TV 아래를 오간다

집에게 섭섭해서
소파에서 일어나 발을 쾅 굴러본다

그뿐

집은 동물을 숨겨주며 화를 풀지 않는다

집이 동물 편을 들고 있다

탄소 발자국

감자전을 부치려고 우유 한 잔을 밀가루에 쏟다가

젖을 내어주는 젖소의 멀끔한 자세를
퉁퉁 불은 소젖에 얼굴을 돌려 댄 사람의 은근한 표정을
축 축 쏟아지던 흰 우유 거품을 떠올린다

소는 가만히 있다

불은 젖을 주무르는 제 주인의 능란한 손놀림이 좋아서
귀를 대고 저를 듣는 은근함이 좋아서
젖소와 주인은 한 마음으로 젖을 짜는 중이다

교감하는 수고를 따라 미운 탄소발자국*이 길게 따라온다

소는 사료를 먹고 철퍼덕 똥을 누고
추 추 추 추 오줌 누고
가끔은 먼 산보며
우-웡

빈집을 들었다 놓고

나는 감자 눈을 따고 발효된 소똥 거름을 감자밭에 뿌리고
아무것도 모르는 감자알은 씽씽 굵어지고
감자에 싹이 난다 잎사귀에 감자 감자 감자

어떻게든 입맛을 돋우려고
멀뚱한 눈망울과
지그시 감은 눈과

감자꽃만
감자꽃만
떠올린다

* 생산에서 소비, 폐기에 이르기까지 제품의 전 과정에서 발생하는 온실 가
스 배출량.

신발 속 산실

평상 아래 둔 낡은 등산화에 나방이 알을 슬었다
먼지 위에 씨앗이 싹트는 건 예삿일이지만
신발 속에 산실을 마련하는 건 조금은 특별한 일

오래 신지 않아 바람이 주인인 줄 나방은 알았을까
작은 무덤 같기도 한 나방의 알들이
서로 떨어지지 않으려고 붙어 있다

그러고 보면 떼로 태어나는 난생들은 모두 점막에 쌓여
있다
어미가 떠나도 저희끼리 살아남도록 끈끈한 보호막을 두
르고 나온다

여름 내내 얼마나 많은 날개들이 불황을 모르고 살았는지
자작나무 잎사귀 뒷면마다 어김없이 알이 붙어 있어
나방은 그 많은 나무 중에 자작을 좋아하는구나

나비는 적고 나방만 어지러이 살다 간 여름의 흔적

눈에 뵈는 곳마다 희끗희끗한 알 무더기는 얼마나 광대
한 날갯짓을 품었는지

나방 한 마리는 한 무더기의 알을 낳고 한 무더기의 알은
한 세계를 이루고
생각할 수도 셀 수도 없는 날개의 세계가 집을 점령하는
여름을 살아냈다

나비가 앉았던 수박은 익은 과일이라는데

나방이 알을 슨 등산화를 가졌으니 나는 날아갈 듯 걸을
수 있을까
마나슬루 영봉에 핀 꽃잎을 책갈피에 넣어 올 수 있을까

걸음을 다친 등산화에 나방이 알을 슬었다

검은 나비

똥자루가 큰
금방 눈 개똥 위에
검은 나비 세 마리

모락모락 오르는 똥김을 쬐며
열심히 날개를 들먹인다

박학다식하고 외공外功을 폼 나게 잘하는
국선도 사범 한 사람

시나브로 앓던 아이 적에
자다 깨어 어른들이 주시는 시금털털한 약물을 마셨다는데
그 뒤로 말끔하게 병이 나았다는데

개똥은 어디에 쓰이는 약일까

금방 눈 개똥 위에
장례식장의 구두처럼 모여들어

식은땀의 날개를
접었다가
폈다가

상여를 메고
스텝을 밟듯

앞으로 세 걸음
뒤로 두 걸음

뻐근하게 날개를 쓰는
몰두하는
어깻짓

매의 비행술

오후에 똥 더펄이가 떴다

어린아이도 채 간다는 맹금류
오리나무 꼭대기에 앉은
큰 새의 정물

한가하게 모이를 쪼던 닭들
오금이 붙어 납작 엎드린다

겁에 질린 눈알들
도록 도록

닭장의 사료를 축내던 참새 떼들
조-용 하다

매는 닭들에게 눈독을 쏘고
진돗개는 매에게 눈빛을 쏘는
살殺 빛의 입체각도

워이 워이
돌을 던져 맹금류를 쫓는다

구구구 닭들을 부르자

뙤똥 뙤똥
퍼드덕 퍼드덕
저린 걸음으로 돌아온다

검은 망토를 펼치고 고도를 낮춰 먹이를 좇던 매는
저녁 모이를 주고 닭장 문을 닫으니
강철 같은 날개로 공중 높이 솟구친다

돌고 돌고
돈다
스무 바퀴
돈다

독毒을 풀고 날개를 벌려 허공을 만끽하는
매의 비행술

골프장 철책 너머로 사라지는
하늘 한 장의 여운

진보와 보수

가느다란 발목 요리가 나왔다
고소함이 폴짝폴짝 뛰어다닌다

올록볼록 엠보싱 떼 알을 연못가에 낳아놓고 개구리는
어디에 착지했나
할머니 무릎처럼 착 구부렸다가 장대 높이 뛰어가는 검
은 무릎 요리를 먹는다

난롯가에 빙 둘러서서 불콰해진 얼굴들
튀어나온 눈들이 찡긋거린다

풍경화 그릴 때 개구리를 그리면 보통 사이코가 아니랍
니다
이상한가요?
아니에요 드세요 드세요

무논에서 울어대던 떼 창이 냄비 속으로 들어간다
버글버글 수제비가 끓고 국자를 세어가며 울음탕이 분배

된다

　뱃속 가득 울음탕을 장전하고 좌파와 우파가 와글와글
주장을 펼친다
　비닐하우스가 들썩거리고 토론의 떼 창을 밤하늘에 쏘아
올린다

　읽던 책을 덮고 하우스로 내려가
　비닐 문을 밀자
　딱―
　울음이 그친다

　싸우는 줄 알았잖아요?
　아니에요 아니에요 어여 어여 들어가 책 보세요

　하우스 문을 닫고
　몇 발자국 떼자

잠깐 그쳤던 토론의 떼 창

와그르르

멍 때리도록 운다

여름밤

저녁상을 물렸는데

앞산 고라니
갑자기
삑사리 치는 목으로 운다

개울 건너
무녀의 개가 점잖게 짖는다

조심해라
그만해라

그런 리듬으로 짖는다

앞 논에 개구리들 떼 창
와그르르
쏟아지고

밤 뻐꾸기 운다

대체 무슨 일이람

문을 열고 내다본다

방충망에 붙었던 나방 몇 마리
파드드득
들어오고

미운 울음
산 등강을 넘어가고

더 멀리에서
숫 울음이 온다

얼굴을 서쪽으로 돌려놓는다

어둑한 산길을 돌아
집으로 가는 길
툭, 신발 끝에 차이는 둔중한 동물 감

날카로운 송곳니를 드러낸 채 눈을 뜨고 죽은 고라니 사체
'야생동물 포획 확인' 표지를 발목에 달고 누웠다

얼굴을 서쪽으로 돌려놓는다

갈비뼈가 드러난 고라니 옆을 지나갔다

갈비뼈가 뭉개진 고라니 옆을 지나갔다

머리가 없는 고라니 옆을 지나갔다

뼈조차 없는 비닐하우스 옆을 지나갔다

일주일이 지나고

평일이 되었다

밤길을 걸어 집으로 돌아갈 때
황급히 뛰는 고라니의 환영

풍장의 기척으로
화들짝 부푸는 내가 있다

앞산에 묻힌 피아노

이사 올 때 잠시 비닐하우스에 내린 피아노

새 집을 짓는 동안
습기 차오르는 시간의 모서리를 붙잡고 가라앉은 피아노

풍으로 돌아간 아버지도 가정을 버린 집안사람도
몸에 바람이 들자 해체의 시간을 건너갔지

먼지 쓴 천막을 걷어 내고 조율을 해 보지만
물 먹은 연주를 음악이라고 할 수는 없어
건반을 하나하나 뜯어 앞산 골짜기에 묻었지

가랑비는 오락가락 스치고 일손이 뜸한 날
막걸리에 밥 말아먹고 손살이 풀려서

앞산을 보다가 나도 모르게
발성을 잃은 피아노야!
과수원집에 보낸 강아지 부르듯 불러봤지

손이 작아 건반을 건너뛰던 딸애의 바이엘도
손이 커서 여유롭게 리듬을 타던 아들애의 체르니도

거처를 떠돌던 어머니 피아노에 등을 대고 경전을 보시
다가
요기 좀 읽어보라며 휴지로 끼워 둔 책갈피도……

골로 간다는 말은 때가 되면 저의 본질로 돌아간다는 말

나는 왜 그 흔한 애창곡 하나 없는 사람이 되었을까
음주가무와 척을 지고 연을 끊게 되었을까

5월이면 천 가지 꽃이 피어 향기를 가두는 골에서
골짜기의 백합처럼 외골수를 도모하게 되었을까

칸나와 시이소오

폭염에 고구마 밭을 매다가
호미를 내던지고 개울물에 둥실 몸을 띄운다

윗집 둑방에 피어난 칸나 한 송이
푸른 하늘에 붉은 꽃 로켓을 장전하고
생크림 실은 구름 트럭을 몰고 온다

칸나 로켓을 더 솟구치게 하려고
등 뒤의 팔을 구부렸다가 폈다가
칸나와 시이소오를 탄다

불안장애도 없이 이륙하는 칸나야
구름 트럭에 나를 올려 줄래
불쑥불쑥 내 심장이 뛰어놀게
구름 트럭을 몰아줄래

눈 빠진 응달이나 견디는 고구마를
외로움에 반쪽이 썩어 가는 고구마를

구름 트럭에 실어줄래

트럭을 타고 날아갈래

라일락이 무장무장 피는 핀란드의 5월로 가서

민소매에 선글라스를 쓰고

태양 아래서 향기 맥주를 마실래

살갗을 바싹 구워볼래

알

공중화장실 문 앞에 긴 줄을 선 여자들처럼
둥우리 밖에서 알이 마려운 암탉들이
엿보고 기웃거리고 소리 지르며 종종 댄다
둥우리에 엎드린 흰 닭은 불안의 눈알을 마구 굴리고
검은 닭은 좁은 둥우리 곁에 엉거주춤 서 있고
노란 닭은 알이 마려워 울며 울며 돌아친다
빨리빨리 방을 빼라고 아침마다 소란이다
암탉의 숫자만큼 난실을 마련해 주어도
굳이 둥우리 하나를 두고 다투는 닭들
문학관 집필실에 입주한 작가들이
대박 난다는 방을 두고 은연중에 다투듯이
그중 아늑하고 손 타지 않는 방에서
소란의 긴장을 담장처럼 둘러쓰고
불안의 눈망울을 데굴데굴 굴리다가
한 순간 눈을 푹 감고 바짝 엎드렸다
화드득 일어나 둥우리를 내려와서
물을 일곱 번 마시고 하늘을 일곱 번 보는 닭들

벼슬이 성성한 수탉은

산란이 끝난 둥우리에 올라가

어쩌자고 맨드라미처럼 앉아보는 것인지

흙집

흙집에 사는 일은 벌레와 짐승과의 동거
때 없이 자고 일어나 때 없이 불청객을 맞는 일

서까래 틈에서 겨울을 난 어리별 쌍살벌
윙 윙 방안을 돌다 툭
떨어진다

하필이면 목단 꽃무늬 이불에

무당벌레 파리도 기어 나와 윙 윙
돌다 떨어진다

때도 모르고 나와 헤매는 것들을 쓸어 문밖에 버리고
끈끈이를 놓아 쥐를 잡는다

원하지 않은 미물의 생사여탈권을 쥐고
집도 나도
어리어리 돈다

죽을 운수에 집을 짓는다는데
내 운수를 이어준 어머니는 잘 계실까

입 떨어진 개구리들
떨리는 울음이
골짜기에 가득하고

개집 문턱에 머리를 내밀고 옆으로 누워
노을 구경을 하는
머리 큰 개들

눈을 떴다 감았다
생각이 많다

보름달

추석날 큰집 봉당에 앉아 한 아름 솎아온 열무 다듬는다

눈 뜬 지 보름이 안 된 강아지 한 배가 몰려온다
몰려와서는 열무를 물고 흔들고 손등을 핥는다

열무 다듬는 칼 든 손등으로 기어오른다
쫓으면 쫓을수록 기어오른다

발밑에서 얼씬거리고 열무 위에 나동그라진다
덜렁 들어서 냅다 던진다

깨갱, 우는 소리가 심상치 않다

짤뚜박, 짤뚜박,
에미에게로 기어간다

기어가다 주저앉아
앞발을 달달 떤다

몇 걸음 기다가

또 달달 떤다

물끄러미 보던 어미 개가 울타리를 홀쩍 뛰어넘어와

제 새끼를 한 입에 물고 들어간다

연신 제 새끼의 발을 핥아준다

오래오래 핥아준다

여우비

김을 매고 들어와 딸애가 서울 가며 말아 놓은 김밥 꽁지로
늦은 점심 때우는데 하늘 컴컴하고 먹장구름 몰려온다

신발을 대충 꿰고 내리 달린다 개들이
졸다 말고 궁둥이를 일으키며 귀를 세운다

급하게 김밥을 넘기며 눈물 찔끔 흘리며 빨래집게를 빼고
흘러내리는 팔다리를 구겨 넣으며 후두두두
비 맞으며 치 달린다 숨차게 달린다

물방울을 툭툭 달고 거실 바닥에 던져진 빨래들
뜨끔 한 체기를 몰고 굵은 빗줄기가 황급히 다녀갔다

일에서 물러난 어머니는 비 구경이 낙이셨지

  — 닥치는 일이나 부지런히 할 때가 한창때란다
  — 밭에서 일하는 사람들은 좋겠구나
  — 저 비 다 맞을 수 있으니

촌으로 이사 오니 툭탁하면 일이 닥치고 툭탁하면 짐승이 다녀간다
툭탁 툭탁 일이 닥치니 지금이 한창때라고 너스레를 놓아도 좋으려나

굵은 꼬리를 흔들며 화단의 돌탑에 물방울무늬 선명하게 그려 놓고
비는 어디 먼 곳에 또 누구를 스치러 가는지

참기름처럼 윤이 나도록 염주 알을 돌리다 가신 어머니는
금박 물방울 옷 한 벌 잘 차려입고 저 나라 옷 살림을 자랑하셨지

어떤 간절한 마음이 감천感天에 닿았으면 금빛 물방울 옷을 짓게 하는지
아직도 해몽이 안 되는 꿈에 본 어머니의 옷 한 벌

발소리도 없이 옷 갈피마다 뭔가 툭툭
던지듯 일러 넣고 가는 비

먹구름 속에서 한 말씀하신다

제2부

노래와 칼

그러니까 그 나이에
아버지가 돌아가신 그 나이에
불통不通이 나를 찾아왔지
나를 찾아와 똬리 틀었지
나와는 상관없는 음주가무가 몰려오고
함구할 요청이 몰려오고

고요가 시급한 머릿속은 끓기 시작해
생각만으로 피를 익히지
익은 두통이 떠다니지
뇌신 한 봉 털어 넣고 물 마시던 그분처럼
진통제는 후식이 되었지

노래와 춤의 폭력은
벨 수 없는 연기 체
1을 들어 허공을 내리치면
금세 복원되는 6과 9의 아메바들

나는 어디에도 머물 수가 없구나*

무리 속에서 혼자구나

발의 속도로

지구 반 바퀴를 돌아왔어도

나는 여전히 혼자구나

담장 밖에서 우는구나

* 페르난두 페소아.

빨강에게

푸른 낮의 정적인 붉은 노을
빨강을 감추려다 터뜨리는 시간이다

빨강은, 불, 심장, 피, 연애, 결투, 도촬의 상징
한 번도 빨강 곁에 가지 않았다

빨강이 꿈틀 한다
발효가 끝난 포도주의 시간이 파열이라면 나는 지금 위
험하다

순간과 찰나를 좋아하는 빨강에게 직진만 고집하는 빨강
에게
핸드폰 케이스, 양말, 속옷, 볼펜, 지갑, 머리끈에 빨강을
입힌다
안전하게 내압의 핀을 빼는 중이다

아— 하면 효과 있어요

석경 묵 집에서 써빙 보던 예쁘장한 여자는

좁쌀 동동주를 들고 와서 울화가 치밀 때마다 뜰 앞의 단풍나무를 향해

아 하― 했더니 진짜 효과 있더라고 살짝 귀엣말로 일러준다

감탄사에 단풍 드는 저 노을이 짐짓 아름다워서

단전에 힘을 주며 압을 빼듯 아 하

조금만 방심하면 뛰어오르는 빨강 불똥 같은 빨강

개 같은 빨강

빨강에게 노래하기 빨강에게 하품하기 빨강에게 휘파람 불기

격정의 한숨을 받아 진하게 단풍 드는

빨강은 나뭇잎에 맺혀서

아 아 타오르는 빨강

비의 후일담

선득선득 장맛비 내린다

밀어낼수록 백회혈이 뜨거운
마음의 불
끄기 좋은 날

개울물에 엎드려 머리 감는다
으스스한 빗매가 등을 때린다

가래나무 잎사귀는 비를 모아 매를 거들고 때린 곳을 또
때리고 갈기고 후려치고
물과 불의 첨예한 대결이다

얼마나 맞았을까

물 쪽으로 옮겨간 마음은 가래나무 평상에 엎드려 비의
타악기가 된다
비는 리듬이 된다

물질이 된 분노의 감정은 먼 바다를 헤엄친다
한낱 물거품이 되어 돌아오는 불의 감정들

사후의 발원지는 어디에서 시작할까

죽은 수창이 아저씨 아들이 아줌마들 들일 할 때 쓰는 얼
굴 가린 모자를 쓰고 붕붕거리며 논둑을 깎으며 흘깃흘깃
이쪽의 연주를 훔쳐 듣는다

보기에는 멀쩡한데 살짝 맛이 갔단 말이지
그런 표정으로

소문을 입힌 후일담이 개울을 건너온다

후일담의 평상을 걷어치우고 산막에 들어서자 빗매는 자
박자박 산허리를 돌아나간다
쇠한 두릅 순 가시에 물방울 맺혔다

건기가 지나간다

극지에서

우리는 같은 시기에 각자의 극지로 떠난다

한 사람은 이제 막 8,100m 높이의 마나슬루에 도착했다
고 숨이 찬 문자를 보내오고
나는 궁궐의 기단 하나를 오르려다 반월상 연골을 다친다

짐작조차 할 수 없는 설산의 영봉은 눈이 베일 듯 날카롭
고 티끌 하나 없는 무한 천공이다

날카롭고 단호하고 푸르고 흰 이 것!

학부시절 스승은 설산의 사진을 수업자료로 가져와 생각
나는 대로 말해보라고 하셨지

에베레스트, K2, 카첸중가, 로체, 마칼루, 초오유, 다울라
기리, 마나슬루, 낭가파르바트, 안나푸르나, 가셔브룸, 브로
드피크, 시샤팡마

아무도 신의 영역에 가본 적이 없어서 마음 가는 데로 고
른다면 브레드 피트를 닮은 브로드피크 그보다는 왠지 안
나푸르나와 마나슬루가 좋았지

　신이 허락한 사람만이 오를 수 있다는 히말라야

　버킷리스트 중에 항목 하나를 맥없이 다치고 들어앉아
　8,848m 높이를 트럭 넘버에 달고 종횡무진하는 강골 근
육이 부러워라

　겨우 2m 높이를 한 무릎에 오르려다 기세가 꺾여 창작실
로 돌아오니
　밀폐는 나의 극지가 된다

　우리는 각자의 극지에서 한 소식을 기다리는 사람
　극지의 끝을 보려는 사람

　마나슬루 가는 길에 전통주가 맛있다지만

나는 영봉에 핀 꽃잎 한 장을 주문한다

언젠가는
언젠가는
하면서

MRI

미세한 균열을 찾아서
깊고 깊은 우물을 비추는 작업이다

이끼가 낀 캄캄한 우물 속
바닥이 보이지 않는다

우물 안으로 길게
주련柱聯이 드리워진다

이토록 어려운 난관에 봉착하다니
해독할 수 없고 해석할 수 없다

수술을 할 수도 안 할 수도 있는
실낱같은 희망을 찾는 일이다

길일 중에 길일을 택일하여 대사를 치르고

가을 햇볕 찬란한 궁궐 안

기단이 높은 인정전 문살에 홀려 가볍게 담장을 뛰어올
라 함부로 내전 마마의 처소를 휴대폰에 훔치려다 오금이
내쳐진 사고라고 이야기를 만들자면 허무 맹랑 궁궐 귀신
들 지나가며 웃을 일

　　빠짐없이 우물 안을 비춰보고 헤아려보고
　　주련이 드리워진 뜻을 해독해 보려고 무진 애를 써보지만

　　숨 쉬지 말고 가만히 있으라고 주문하는
　　관속에 누워서

　　하필이면 그때
　　애기씨의 힘이 솟구쳐 기단을 날아올라

　　그림자를 떨어뜨리고
　　마음만 날았을까

못

어린 간호보조사는 혈관을 찾느라 애를 쓰는 중이고
예쁜 얼굴은 점점 붉어 빨개지고
나는 좀 더 잘 참는 중이고

수간호사가 들어오고
— 이런 팔뚝을 다 헤쳐 놨네
노련한 처치가 끝나고

한 잠 주무시라며 이불을 덮어주고 나간다

창 밖에 뭉게구름 흘러간다
흰 벽에 무당벌레 기어간다

웬일인지 가도 가도 그 자리
희미하게
발버둥 치는 벌레를 보며 눈을 감는다

마늘향이 입으로 올라오고 수액은 무겁게 돌고

날아가려는 영혼을 누군가
지그시 누르는지
설핏 잠이 든다

깨어나니 무당벌레 흔들리던 자리에
선명한 못 하나

못은 부풀어 벌레가 되었다가 발버둥 치다가 다시 못이
되었다

똑똑, 떨어지던 비타민 수액은 혈관을 마저 돌고

얌전해진 못
벽을 물고 고요하다

빨간 버튼을 누르고 수액의 밸브를 잠그자
흔들리지 않는 중심이 돌아온다

창문

1+1=2잖아
그런데
1+1=1이야*
쌍둥이 남매가 아버지와 형을 만났을 때의
경악

0과 1이 사는 단칸에서
'이놈아 좀 살살 해라'
0+1=0이 되려고
용을 쓴다

금기의 페인트가 벗겨진
창호 안에서
칠순의 0이
분별없는 1 밑에서

* 드니 빌뇌브가 감독한 영화 〈그을린 사랑〉의 대사.

아름다움이 한차례 폭풍처럼 지나갔다

몸에 새기는 경구警句는 주술 같은 것일까

단골들 다 옮겨간 한적한 동네 목욕탕에 혼자 목욕을 할
요량으로 들어갔는데

김이 오르는 탕 안에 누군가 좌선하듯 앉아 있어
조심하며 돌아서다 보고야 말았는데

등뼈에 내려 새긴 명문의 일필휘지

ॐ

म

णि

प

दमे

हूं

이걸 뭐라고 해야 할까

탐욕스러운 시선을 등에 꽂자
김이 서린 탕 안에서
그녀가 한 번 돌아본다

지혜와 함께하는 방편이자 방편과 함께하는 지혜라는 산
스크리트어
연화 위의 마니주를 등에 지고 아련한 탕 속에 고혹이 잠
겨 있다

나는 느릿느릿 때를 밀며 통속하고 세속적인 질문을 바
가지로 끼얹는다
치마폭도 아니고 척추에 글씨를 받다니

은처일까 은자일까
어디서 본 것 같은 저 명문의 주인은

그녀가 좀 더 온수를 트는지 뜨거운 질문이 탕 안에 넘쳐

흐른다

　내게로 쏟아져서 하수구로 흘러간다

* 옴마니 반메 훔.

불탄 산

한 달쯤은
먼 바닷가 마을에 방을 얻어
마른 혀를 내밀어 내 무릎을 핥고 싶어

이전에 나는
안쪽에서 안쪽으로 안 된다는 방향으로만 피신하고 있었지

짐을 풀고 창을 열자
술렁거리는 솔숲 너머가 모두 불탄 산이네
남김없이 화마가 지나간 민둥산이네

초록은 사라지고
붉은 묘지만
띄엄띄엄 턱턱 남기고

봄철 동쪽으로만 몰아친다는 양간지풍襄杆之風에
화장의 기억으로 화들짝 깨어나는 봉분들

한바탕
불의 혀가 지나간 불탄 산을 바라보네

길길이 뛰는 불춤을 보는 바다는
바다의 마음은
물마루를 일으켜도 산맥을 넘지 못하지

풍랑을 밀어와 모래알이나 쓸어갈 뿐

높은 봉의 암자에 사는 스님께
불이 날뛰면 어디로 피하시냐 물었더니
웃으면서 땅 속 굴로 들어간다 하셨지

마음의 화기를 식히려고 바닷가 마을에 와서
불탄 산을 바라보네

산의 맨살, 흙의 나신, 삭발한 굴곡, 골짜기의 관능
물과 불과 바람과 흙의 원소를 보고 있네

어떤 것은 대립하고 어떤 것은 호응하는

마음의 불도 맞불로 태워야 사라지는 것인지
재가 된 뒤에는 누구의 발자국이 걸어가는지

가까이 소나무 숲에서 흔들림이 진동하네
숲의 정수리에서 태어나 밀물 져 돌아오는 바람의 씨앗들
귀곡성의 바람이 호루라기를 불며 창문 틈을 비집고 들
어오네

신神을 떠올리는 시간

저 산에 깃들었던 나무의 정령들은
어디에서 다친 마음을 위로받을지

화기를 기억하는 민둥산에서
보송보송한 나무의 싹들이 움을 틔우며 올라오네

미스터리

잠자는 동안 누가 다녀갔다
냉장고에 맥주가 사라지고
구겨진 빈 캔이 쓰레기통에 처박혔다

내가 태아처럼 몸을 말아
양수 속을 헤매고 있을 때

누가 내 방에 들어와
냉장고를 뒤지고
코젤 다크 뚜껑을 따고
벌컥벌컥 마시고
아귀힘으로 우그려
쓰레기통에 던진 사람

그는
무슨 짓을 더 하다 간 것일까

전원을 켜 둔 노트북을 확인하고

샅샅이 열어보고
살생부도 보았겠지

귓가에 입김을 불어넣고
상상할 수 없는 다른 짓을 했다고 해도
기척은 묘연하고 흔적만 남겨두었다

나는 평소에 물건을 구기는 사람이 아니다
요란하게 소리를 내는 사람은 더욱 아니다

기체후 일향 만강氣體候一向萬康 하옵시고
가내 제절이 두루 평안 하시 온 지
삼종지도三從之道의 안부를 묻고

외출에서 돌아오면 집안 어른들께 큰절을 올리고
어른이 오수에 들면 가만가만 장지문을 닫아주던
내력이 내려온 집안의 사람이다

이건 내가 한 짓이 아니다

옆방에 든 선배시인을 불러 현장을 확인하게 했다

쯧쯧

한 없이 애잔해져서는
첨벙, 뛰어들고 싶은 눈빛을 보내며
차마 던질 수 없는
혀끝의 말이 돌아왔다

탄력적인 금기

밤새 물너울이 넘어와 모래사장이 반은 젖은 아침 해변에
누군가 다녀간 성큼성큼 큰 발자국

힘이 느껴지는 완력이 부러워 보드라운 내 발자국을 겹
쳐보니
암수 나사의 요철이 되는 춤의 무늬

해변은 상상의 연회장이 되어
오리를 돌고 십리를 날아가네

무수하게 널린 발자국들을 시차를 모르지

모래 속에 뒹구는 작업용 코팅장갑 한 짝을 주워와
쓰러진 표지판 끝에 씌워 주니

관계자 외 출입 금지!
염결성을 강조하는 지성의 팻말이 되네

군부대 저쪽 철조망 너머로
암벽 위에 뜬 바닷가 호텔

유리창에 작열하는 경고성 햇빛
착란 아래 무늬를 묻고 발자국을 지우면

아스트랄 세계로 진입하는 비행의 시간

상상은 끝없이 곁 간 데를 따라가고
목발이 필요 없는 나란한 향연

목발은 웃는다

문 앞에 세워 둔 목발이 저 혼자 쓰러진다
목발은 나를 의지하고 다니다 바닥으로 미끄러진다

왜 쓰러지는데?
혼자 묻고 혼자 답하는 동안

멀리 화물을 실은 기차가 지나간다

TV에 죽은 여가수가 나오고
걸을 수 있을 때 마지막 인사를 왔노라며 웃는다
무대에서 내려온 송창식이 기타를 멘 채 악수를 건넨다

— 우리는 만나고 또 만나 계속 만나
— 다음 생에?
— 그럼

내일 다시 만날 듯 웃으며 헤어지고
불 켜진 가게를 올려다보며

음악에 맞춰

목발을 겨드랑이에 낀 채 그녀가 춤을 춘다

목발은 비스듬히 서서 제 그림자를 늘여 사람 인자를 쓰
고 있다

수 없이 살아 본 전생을 기억하지 못해서

사람 인자를 쓰며 기대는 목발이라고

어디서 온 발이냐고 물어본다

오전은 명징해서 골몰하기 좋은 시간

큰 불이 지나간 동해안 산맥의 굴곡이 묘연하다

큰 구름 아래 양지와 그늘 사이를

징검징검

송전탑이 건너간다

벚나무에게

이러다가 정말 못해 보고 말 거야

뒤란의 벚나무를 모두 베고 말았으니 싫다를 한다가 베
었으니
  도리가 없어졌으니

고백하자면 별 것도 아닌 일을

알리바바의 두건을 쓰고 바지를 입고 꽃잎 분분한 허공
의 해먹에 누워 버찌 술을 나발 불다 잠깐 저쪽의 봄을 다
녀오는 일 시자는 마당을 쓸다 빗자루를 놓고 천리 밖에 손
님을 맞으러 산문 밖을 나가서는 그쪽의 여름에서 돌아오
지 않는다니

저쪽의 봄은 만약과 어느 날 사이에 지은 피로의 궁전이니

귀가 먹먹하게 회음부 깨무는 소리 꿀 따는 소리 듣다가
불어오는 꽃샘바람에 질투의 냉기를 장전한 바람 촉에 삼

생 삼세 누천년 비밀의 술잔을 떨어뜨렸나니

　그림자는 싫다를 누이다가 한다를 재우다가 가끔 한숨
쉬는 중이니

　군내버스 303번 신작로에 두 줄 나란한 벚꽃 화관
　꼬리 치는 물결

　봄바람에 자진하며 회오리치다 차바퀴에 깔리는 숫 꽃잎들
　날아오르는 만장들

　희미하게 멀어지는
　이승의 먼 분홍들

아웃 랜드

한숨은 숨이 놀라고 있는 중일까
숨이 숨을 모아 길게 감탄을 토한다

아름다운데 왜 자꾸 한숨이 나오지?*
그림이라면 이렇게 그릴 수가 없어**

비현실적으로 기쁠 때
몸은 어쩔 줄 몰라 숨을 늘려보는 거겠지

현실 속에 상상이 끼어들어
급브레이크를 지그시 밟는 감정은
한 숨이 되고 눈물이 되는 중일까

상상으로 저지르지 못할 일은 없어
기분과 감정을 만끽하자
가능의 세계가 뚜렷하다

현지인처럼 옷을 입고 플라차 거리를 걷는

심하게 아름다운 전생의 아웃 랜드

내 눈가에 어른어른 그러지 말아요
생리가 시급해도 가만히 있어요

비현실의 아드리아해
비현실의 성벽 노을

내면이 토할 듯 넌출거리는
한숨이 또 한 숨을 불러오는

시계 밖의 거리

* 플리트비체로 가는 길 위에서 딸애가 한 말.
** 〈꽃보다 누나〉에서 윤여정이 한 말의 변용.

제3부

노래가 날아오른다

손목에는 방문자용 노란 띠를 수갑처럼 부착하고
소지품을 모두 맡기고
겹겹의 철문을 지나 재소자들의 노래를 들으러 간다

외부에서 밴드가 들어오고
능청에 이골이 난 사회자는 흥을 돋우고

머뭇머뭇 뒤통수를 긁으며 가수로 뽑힌 대표들
조별로 노래자랑이 시작되고
어디서 품이 작은 연주복을 빌려 입고

아파트를 너의 아파트를
목이 터져라 열창하는
노래는 불수의근*에서 나온다

흰머리 검은 머리 2대 8의 비율로
비교적 각이 반듯한 훤훤 장부의 뒤태들

감시와 처벌이 있는 방음벽 안에서
바깥이 꽉 막힌 강당 안에서

손뼉 치고 노래하고 장단을 구르며
환호하고 소리 지르고 휘파람 불며
팝콘처럼 폭죽처럼 노래를 터트리며

노래가 날아오른다

벽과 천장에 부딪쳐
둥글게 떨어지는 노래들
아낌없이 남김없이
하얗게 부서지는 노래들

* 의지와 관계없이 자율적으로 움직이는 근육.

자작나무 수피 점을 치는 당신의 총운

고산지대 바람 목에서 자생하는 자작나무 껍질을 벗겨
수피 점ㅂ을 친다는 용한 점괘를 받고 이륙을 감행한다
  만리 무운, 해천 일벽의 괘를 받았으니 만리에 구름이 없
고 바다와 하늘은 모두 푸르리라

검은 초록 물빛 커튼이 이국의 바람에 펄럭인다
  항불안제 강심제 수면제를 맥주에 섞어 마시는 위험한
백야
  떠나면 익숙하고 돌아가면 낯선 여기는 착륙 전의 기류
같은 나라

물을 갈아 마시는 전 전생의 건기가 두통을 짚어준다
  탈진한 몸을 누이자 기다렸다는 듯이 물속 깊이 가라앉
는 두려운 겁이 닥친다

엎친 데 덮치듯 남의 부부싸움에 불려 가 말다툼의 파편
을 맞고 오다
  한껏 조였던 신경 줄을 풀자

발바닥의 용천혈을 타고 지르릉 지르릉
몸의 혈류가 연주하는 12 경락의 오케스트라

꽃잎 흩날릴 때 절정에서 투신하는 꽃의 진동이 이럴까
혼이 몸을 떠나려 할 때 분리되는 슬픔이 이만큼 흔들릴까

만리 무운, 해천 일벽의 괘를 받았으니 만리에 구름이 없
고 바다와 하늘은 모두 푸르른 날을 유영하리라

서로 다른 곳을 보는 샴쌍둥이처럼
당신이라는 천형과의 동침
등 뒤에 등을 꼭 붙이고 착륙한다

물 위의 색소폰

호수 건너 버드나무 숲에서 누군가 서툴게 색소폰을 연
주 중이다

주변을 산책 중인 사람들
하나 둘 데크에 걸터앉아 얼굴 없는 연주를 듣는다

햇살이 내리쬐는 수면 위로 두 줄기 일렁이는 물결의 파장

멀리 물뱀 한 마리
머리를 쳐들고 버드나무 숲 쪽으로 길게 횡단 중이다

집 안에서는 피리를 불지 마라 밤에 피리를 불면 뱀이 나
온단다
나 죽거든 시신 뒤에 고운 잿가루를 앓혀 두렴
뱀 지나간 자국이 있으면 뱀이 되어 갔을 테고 새 발자국
이 나 있거든 새가 된 줄 알아라
후생이 궁금했던 할머니는 허리에 다래키를 차고 인동꽃
그늘로 들어가시고

나는 아직 할머니의 후생을 모르고

뱀은 피리 과의 음악에 반응하는 걸까

갈라진 혀로 포말을 일으키며 호수를 가로지르는 뱀의
상징
온갖 동물을 알던 할머니의 산신 신앙은 뱀을 숭앙했을까

방청객이 좀 더 늘어나고 버드나무 숲은 고음으로 부풀고
물뱀은 호수 가운데를 헤엄쳐 간다

조이고 몰두하고 꾸불거리는 사행 운동을
호수에 풀어내어 풀무질하게 하는 힘

뱀은 음악이 좋아서 음악을 향해 헤엄치는 중이라고
나는 그렇게 오해하는 중이다

사탕 한 바구니

세상 모든 일은 다 헛되고 헛되고 헛된 일일까

바니타스, 바니타툼, 옴니아 바니타스

문장을 베껴 쓰고 몇 번 중얼거려보니
바짓가랑이 같고 바기니 같고 여자 하나 두고 남자끼리
다투는 소리 같아

어쩌면 비구니에 가까운 발음인데
바구니로 살짝 벌려보니 봄날 쑥밭에 부는 바람 같다

죽고 나면 향연이 기다린다는 문장은
주인 잃은 말이 혼자 광야를 달리는 갈기 같이 쓸쓸한 말
이다

어제같이 내일같이 평소를 나누어 쓰던 이웃 사람이
불행이 빠져나갈 틈도 없이 폐암으로 떠났다

놀란 침대 머리에
사탕 한 바구니 남겨놓고

이웃이 파도를 타면 여파에 출렁인다

몇 날 며칠

바니타스, 바나타툼, 옴니아 바니타스
헛된 파도가 들이친다

바니타스의 파도를 타고 사탕 한 바구니가
밀려왔다 밀려갔다
한다

한사람

한쪽에 가만히 앉아만 있어도
으름장 같은 사람

그 많은 생각과 사유 중에
옳고 그름의 분별이 분명한 사람

꿈에서도 악을 징벌하려고
오른손을 번쩍 드는 사람

무사의 직업에 충실했지만
문 · 사 · 철을 고루 좋아했던 사람

더 이상 읽을 책이 없어
옥편 속으로 들어간 사람
옥편을 베고 잠이 든 사람

스-윽 눈길 한 번에
상대를 스캔하는 사람

직관이 날카로운 사람
사람을 편애하는 사람

나는 그 편애 속에 있던 사람

고개를 높이 들고
멀리 보고 걷던 사람

성큼성큼
발자국이 멀어서
누구도 따라갈 수 없던 사람

뇌출혈

엄격하고 반듯한 방식으로 훈육하시던 아버지
가난과 실업의 재고가 천장까지 쌓이자
과부하의 분노 창고가 터지다
생각의 봇물은 왜 반쪽을 강타하는지
단단한 이성은 오른쪽으로 비켜서고
다정한 감성은 왼쪽으로 달아난다

반신불수
반인반수

가문의 영광과 예의범절이 다 소용없게 되었다
사랑의 눈과 귀는 기다림과 불안이다*
실개천 같은 감성이 흘러나와
수발드는 어머니에게 묻는다
— 우리 집 사람 못 봤수?
방바닥에 변을 보고 뭉개며
손톱으로 벽을 긁으며 피를 흘리며
날품을 팔고 돌아온 어머니에게

— 우리 집 사람 못 봤수?

의식과 무의식이 한 시름을 추궁할 때

집 사람과 수발드는 여인은 서로를 모른다

모르는 채 기다린다

벽에 걸린 어머니의 치맛단을 잡아당기며

* 이성복.

촛불 난장

응달을 피해 양지쪽으로 나 앉은 촛불 방석의 두 줄 행렬
빈 식용유 깡통 속에 촛불 한 자루씩 켜고 앉아 호객 중
이다

촛대 위의 경건한 촛불은 기도와 추모의 장소가 어울리고
종이컵 속의 촛불은 혁명과 함성의 기호로 변용된 광장
이 어울리고

하루 벌어 하루 입을 사는 시장 통 엉덩이 아래 촛불은
1인용 추위를 녹이는 간당간당한 난방

촛불 방석에 걸터앉아 발갛게 언 손을 엉덩이 밑에 찌르고
눈으로 입으로 오가는 사람들 뒤꿈치를 좇는 불의 사용법

나에게 초 한 자루 사용법을 묻는다면

다락방에 두고 온 삼중당 문고와
목침으로 베시던 아버지의 고물 옥편의 거처를 묻겠지만

슬금슬금 사라지던
그 책들은 다 어디로 간 것일까

빈 식용유 깡통 안에서
하루의 온기가 녹아내리고
빈 대야와 밀대를 챙겨 막차를 타는 사람들

시장과 시장 사이에 촛불 난장亂場이 타오른다

애완충 비문

도서관 신착코너에 들어온 신간 도서『나를 닫다』
문자만 보면 반색을 하며 솟구치는 비문飛蚊이 먼저 행간
사이로 날아가
얼른 집어와 정색을 하고 보니『다른 남자』였어

비문을 키우는 혼자만의 애착 오락
이 오락의 요점은 의도적인 오독이지

가로 읽고 세로 읽고 거꾸로 읽고 뒤집어 읽고
새로운 낱말을 찾아 문자 알로 놓는 바둑 오목의 즐거운
오락

나는 열고 다른 남자는 닫을까요
남자는 다 열어 두고 나만 닫을까요

남자만 떴다 하면 너는 방으로 들어가거라
경계를 세워 주시던 아버지는 내가 처음 사랑한 남자
벚꽃이 뛰어내릴 때 찾아오는 무사의 말발굽 소리를 남

겨두었죠

　통한다는 건 모두 닫거나 모두 열어두는 것
　누군들 영혼의 상처가 없었겠어요

　남자도 닫고 나도 닫고 딸린 식구마저 닫으면
　저 우주 한끝에서 빛의 세계가 열릴까요
　내가 돌아갈 나의 별나라가 보일까요

　제발 그러지 말라며
　글자마다 날아다니며 반어 문법을 가르치는 나의 애완충
비문
　사랑스럽잖아요

　귓속에는 달팽이 하나씩 키우고
　눈에는 별똥별처럼 내리는 비문 몇 마리 키우고

　느릿느릿 배를 밀며 허물 벗으며

화르르 날아오르는 우화등선
눈에 넣어도 안 아프죠

뿔과 동굴

속이 깊을수록 사려가 깊어
자주 뜨거운 김이 솟는다고 한다

때 없이 김이 서려
가을에 자주 아프고 쓰러지는 너에게
나는 배롱나무 화분을 들고 문병을 다닌다

영이 열렸다는 아흔의 보살은
얼굴만 보고도
샅샅이 샅을 읽는 통通이 열렸다고 한다

사람마다 위치가 달라
내려 붙은 사람은 올려 붙은 사람의 처지를 영 모른다고
한다
끼리끼리 유유상종은 위치의 상종이라 한다

나도 모르는 캄캄한 나의 동굴을 읽어 챙기니
지나온 삶이 그럴듯하게 한 줄로 요약된다

그래서 그럴 때는 싫었고 또 어떤 점은 좋았구나

왕년의 문전성시가 가랑잎처럼 쓸려간 암자의 툇마루에
몇 달 앓다 자리를 털고 일어난 보살은 떼꾼하게 맑은 얼
굴이다

오늘의 운세는 살과 사에 얽힌 삶에 대한 요설
명쾌하게 풀어주니 간단하게 이해된다는 것
머리를 끄덕이며 의견에 동조했지만 사랑의 절정을 놓쳤
다는 것

말년에는 뿌리친 인연들이 돌아온다고 한다
하나가 아니라고 한다

장마가 넘치는 돌계단 위에 서 있으니
발목을 타고 오늘의 운세가 흘러넘친다

무엇으로 돌아오는 뿔들을 맞이한단 말인가

내게는 장마가 없다
능수버들이 없다

보디가드
— 나의 규우 님

오래된 쪽방을 길게 터서 손님을 받는 국숫집
앉을자리가 없어 모르는 사람 사이에 끼어 앉아 메밀국
수를 먹는 집

그 식당의 수저통에는 짝이 맞지 않는 젓가락이 세 종류
나 되어서
당신은 매번 내 앞에 앉아 짝을 맞춰 건네주지

우리는 우리도 모르는 사이에 짝이 되어서
어쩌다 한 사람만 나타나면 짝의 안부를 묻는 사람들

왜 혼자 오셨어요, 방금 다녀갔는데요
도대체 어떤 사이세요, 그만 좀 붙어 다니세요

남들 눈에는 너무한다 싶게 붙어 다녔나 싶지만
매번 새로운 폭소를 뱃구레에 채우고 출렁출렁 흔들며
푸른 하늘 아래 강변으로 아직 못다 걸은 길이 너무나 많지

입술 봉쇄령의 역병이 창궐하고
사람이 사람을 외면하는 시절이 와서
우리가 짝을 맞춰 본 지도 참 오래되었지

짝을 맞춘다는 일은 마음을 맞춘다는 일
어쩌다 MBTI 검사에 적성까지 똑같아서
떼려야 뗄 수 없는 소울메이트가 되었지

눈을 감고 가라고 해도 지구 반대편에 있다고 해도
취향만 따라가면 만날 수 있는 사람

만약이라는 부사가 혹시라는 시차를 데려와서
우리 중에 누가 먼저 시차를 두고 떠난다고 해도
저쪽에서 알아보고 취향의 손을 번쩍 들어줄 사람

닮은 사람

쇼윈도를 기웃거리며 무심히 길을 가는 중인데
앞에 오던 사람이 다짜고짜 달려들어 따귀를 올려붙였다
는데

파출소에 들어가 사정을 들어보니 돈 떼어먹고 야반도주
한 사람과
얼굴이 닮아 그랬다고 펑펑 울어대 오히려 달래주고 나
왔다는 이야기

그 사람이 그 사람은 아니지만
안면 몰수하고 싶어도 체면 뒤에 살의를 숨기고 쇼윈도
나 기웃거리기보다는
당장 달려들어 따귀를 날리는 쪽이 병病에는 유익한지
몰라

나와 닮은 사람이 남부시장 입구에서 호떡장사를 한다는데
저녁이면 가게를 접고 밤 화장을 하고 춤을 추러 간다는데

닮은 사람을 찾아가 어묵 국물의 면을 트고 호떡 같은 세상을 향해

민낯의 썰을 풀고 싶은 마음 없는 건 아니지만

춤추는 힘으로 잘 웃는다는 당신

우리는 이 세상에 놀러 온 걸까요? 그런가요?

부채는 남에게 지우고 소요유 소요유 징 하게 덤비는 인연들

무용의 힘으로 바람을 가를 수만 있다면

그럴 수만 있다면 얼마나 좋겠어요

어쩌다 길에서 마주쳐도 우리는 서로를 몰라보겠지만

당신의 무용舞踊이 나의 무용武勇을 앞서겠지만

당신 거기서 춤을 추세요

나는 이쪽에서 쇼윈도나 기웃거릴 테니

ㄷ자 모양의 잠

소속한 단체의 연말 모임에 갔다

거실에서는 뒤풀이 겸 회의가 한창인데
고단한 사람들은 좀 눕고 싶은데 방이 하나뿐이다
남녀가 각자 이불을 꺼내 벽을 보고 누우니 ㄷ자 모양의
혼숙이다

멀리서 생업을 끌고 온 몸이 형편에 맞춰 이리저리 안착
을 찾는
방문 틈새로 소음과 상념이 쉴 새 없이 들이친다

그 형편에 모로 누워 요란하게 코를 고는 사람

병원 대기실 소파에 앉아 순서를 기다릴 때
어떤 심연의 손이 나를 당겨 꿀잠을 재워주던 그때처럼

코를 고는 사람도 누군가 재워주고 있는 것 같아
리듬을 타며 고르게 울리는 토막잠을 경청한다

짧게 마시고 길게 토하는
들숨보다 날숨에 귀를 놓는데

갑자기 컥, 하고 숨소리가 끊기는
흔들어 줘야 되나 어쩌나
그럴 즈음에

누군가 방문을 열고 ㄷ자 모양의 잠을 휘 둘러보다

가만히 곁에 가서
— 종화야 집에 가야지?
작은 소리에도 벌떡 일어나 잠을 흔들어 떨구는 사람

한 사람이 돌아가자
벽은 ㄷ자를 풀고 내외를 흔들어 여윈잠을 토닥인다

숨

평균 20년을 사는 개는 1분에 80여 번 숨을 쉬는 동물이다

나는 개집 앞에 1분에 20여 번 숨을 쉬는 사람으로 앉아
있다

묶인 개는 간절한 눈빛을 담아 애정을 갈구한다

엎드려 앞발질을 하다가 발랑 뒤집어 배를 보여 준다

미동 없는 표정 앞에 집중의 감정이 높아지고 있다

표정과 감정의 거리는 한 뼘의 흙바닥

개 줄이 닿지 않는 거리이다

개는 80번의 숨쉬기가 100번으로 오르고 있다

나는 자세를 바꿔 코끼리 숨을 흉내 낸다

개와 코끼리는 감정이 통하지 않는 먼 거리

코끼리 숨을 흉내 내자 개는 제집으로 들어간다

오후에는 유명 정치인의 자살 기사가 메인으로 올라왔다

"네가 재면 혈압이 올라간다"는 문장은 문학적이라고 읽
는다

흉내에는 흉이라는 부정어가 앞선다

흉내 내어보지 않고 세계의 지붕을 오를 수 있을까

1분에 다섯 번 숨을 쉬는 코끼리 숨을 흉내 낼 수 있다면

히말라야는 내가 꿈꾸는 패러디의 고지이다

치사량의 한숨이 모여 극단적인 한 숨을 쉬었을 것이다

흥을 버리고 내만 취하자 존경의 자세가 된다

여래, 선숙

전라도 어매들은 무섭다
수고가 무섭다
사랑이 무섭다

종일 손과 발을
손 손 손 손 발 발 발 발
쉬지 않고 움직인다

새벽 기도가 끝나면, 곰보배추를 뜯고, 머위 꽃 튀김을 만
들고, 간장을 거르고, 막걸리를 담그고, 꽃차를 만들고, 튤
립 밭을 매고, 효소를 거르고, 택배를 부치고 ……

응석 많은 고양이 방울이가 선숙 여사 걸음 사이로 들어
가 같이 나동그려져도 얼른 일어나
발 발 발 발 손 손 손 손 ……

그럼에도 어찌 저렇게 웃으시는가
음식은 또 얼마나 그리운 맛인가

척, 보면 체질을 간파하는

여래처럼
세존처럼

이런 수고를 받고
이런 사랑을 먹고

글이 안 써진다고 언구럭을 부리면
대신 써 주고 싶은 얼굴로
걱정이 많은
선숙 여사*

하도나 수고를 많이 해서
어깨가 동그래진 여래
사랑이 동그래진 여래

* '글을 낳는 집'의 안주인.

12월의 우편배달부

현관문을 놔두고
뒷문을 쾅쾅쾅 두드리는 젊은 우편배달부
공격적인 배달 방식이다

오토바이 소리에 목이 쉬는 개들
1년을 꽉 채운 우편물은 연말에 폭주한다

잎을 모두 떨구고 동물의 울음을 받는 산
산이 산을 산에게 우편물이 왔다고 울려주는 방식

대문 옆 우편함을 지나 저벅저벅 걸어와
검은 장갑 낀 주먹으로 뒷문을 세게 두드리는 사람

검은 마스크를 쓰고 장화를 신고
내 이름을 크게 부르며 확실하게 배달을 마감하는 사람

나의 연말도 이것으로 되었다고
정리해 주고 가는 사람

창평

    환하게 눈부신 대낮을 뒷짐을 지고 느긋하게 흘러 다니
는 사람들
    뒷사람의 배밀이에 앞사람의 장 구경이 슬슬 발을 떼는
봄날이다

    가름 옷을 입고 오일 장 보러 나온 촌사람들 시장 국밥집
으로 들어서고
    찹쌀 순대와 돼지국밥을 주문하면 주방을 향해 주문을
던지는 노글노글한 풍경

    그림이라면 박수근의 그림, 냄새라면 방금 짠 홍화씨 기
름 냄새, 맛이라면 참깨라면, 노래하면 어디에도 비교가 안
되는 전라도의 노래다

    능선은 부드럽고 산천은 아름다워도 조용히 대나무가 치
솟는 누정 마을
    타관 사람이 국밥집 바깥채에 앉아 장 구경 나온 사람들
을 구경하는 지상의 쏠쏠한 재미

옆자리에 손녀와 할머니가 주문한 국밥이 먼저 나오고 나를 보며 빙긋 웃더니 주발 뚜껑에 순대를 덜어 이쪽으로 스윽 밀어주는데 좋아라 감탄사를 치자 즐거운 호구조사가 시작된다

언제부터 전국의 명산들은 막걸리와 협업을 맺어 상부상조하는지 백아산 막걸리와 무등산 막걸리가 서로 쌍 합을 겨루는 시장 통 국밥집에서 산과 들과 누정에 취하는 이 툭터진 맛

꼬불꼬불하고 유들유들한 농담이 한바탕 가르르르 굴러 와자한 시장 골목으로 옮겨가고 오늘은 날씨가 유난히 좋아 제석천왕이 잠깐 내려와 뒷짐 지고 시장 구경하시는 날

나는 발이 성긴 수수 빗자루를 만지작거리며 살까 말까 망설이다 머리에 키를 써 보며 실실 웃으며 제석천왕의 꽁무니를 따라 천천히 도랑물처럼 흘러 다닌다

고기는 말랑하고 국물은 깔끔하고 밥과 국이 따로 나오
는 창평 국밥집

무등산과 백아산이 다투어 술맛을 겨루는 떠도는 마음
부려놓기 좋은 곳

눈에 띄게 타관인 내가 수수 빗자루를 들고 머리에 키를
쓰고 쌀엿을 우물거리며

반은 실성한 듯 실실 웃으며 돌아다녀도 말짱하게 받아
주는 전생의 도리천 골목

할머니 곁에 쪼그리고 앉아 고구마 순 벗기시는 색동옷
입은 할아버지

나는 그 곁에 앉아 고와요 고와요 자꾸 말을 걸어보는 봄
날이다

제4부

종찬이 거들어

신혼집 천장에 거꾸로 매달려 뛰어가는 다리가 긴 거미 한 마리
얼굴을 찡그리던 딸애가 얼른 파리채를 찾는다

종찬이 거들어

식탁의자에 올라가 맨손으로 거미를 붙잡아
방충망 문을 열고 거미를 내 보낸다

밖에는 찬바람 불고 10층 낭떠러지다

백석의 수라가 생각나는 밤이다

날이 밝으면 청배를 팔러 온다는 늙은이의 메기수염이 떠오르고
한울빛 같이 훤하다는 무너진 정주 성문이 그리운 밤이다

거미는 긴 줄을 뽑아 낙하의 신공을 펼치겠지

흔들흔들 신바람의 거미줄을 타겠지

거미의 신발을 빌려 신고 허공을 달려보고 싶은 밤이다

눈 내린 무 구덩이에 엎드려 무 한 자루 꺼내고 싶은 밤이
다

백석의 아내가 보냈다는 편지*가 생각나는 밤이다

* 「나의 남편은 '붉은 편지 사건'으로 작가동맹에서 쫓겨 나 59년 평양에서
추방되었소. 살수로 추방되어 차별과 멸시 속에 살다가 남편 백기행은 1995
년 병으로 사망하였소. 글 밖에 모르던 사람이 농사일을 제대로 못해 사람들
의 웃음거리가 되었지만 하루에 한 사람을 열 번 만나도 가슴에 손을 얹고
다정하게 인사를 나누는 삼수군 사람 가운데 모르는 이가 없는 사람이었
소.」: 백석 연구자 송준이 2001년 공개한 백석의 아내 리윤희 편지의 부분.

새벽 세 시의 형광등

호랑이가 힘을 키운다는 인寅 시

얕은 수면 중에 물소리가 끼어들고 아파트 한 동의 전음
이 울리고
벽을 더듬어 형광등 스위치를 올리자 뚜두두두 날개 파
닥이는 소리를 낸다

인시의 고요를 켜고 첼란의 시를 읽는다
고요라고 믿는 소음의 시간에 말더듬이의 시를 읽는다

슬픔이 슬픔에게 기대기 좋아서
소스라치는 슬픔이 또 다른 슬픔을 껴입기에 좋아서

충격 그 밖의 일들은 아무것도 아니어서
아무도안 말줄임표 시를 쓰는 파울 첼란

불빛은 끊임없이 날개를 털고
고문의 기억으로 불구가 된 첼란의 시를 읽는다

멀리서 생업의 시동이 걸리고
기도하는 시간 밖으로 출근하는 가장이 있다

1001호를 시작으로 자다가 일어난 사람들이
오줌을 누고 물을 내리고

꾸다 만 꿈이 아파트를 빠져나가는
명료하게 홀쭉해지는 시간

끊임없이 파닥이는 형광등 스위치를 내리면
비몽사몽의 눈꺼풀을 열고 닫고

첼란의 슬픔을 켜고 닫고

파랑

파랑은 470nm(나노미터)*의 파장을 갖는 색이다

맑게 갠 하늘이나 멀리 보이는 바닷물의 빛깔로 허방이
나 허공의 슬픔을 건디는 색이다

이제는 그만하자고 지겹다고 말하지 말자

그날 아침 야만의 바다에 안개는 수상하고 수장된 세월
호에서 발신된 애타는 구호 문자는 아직도 팽목항을 떠돈다

파랑은 시간이 갈수록 확장되는 색이다
눈을 감으면 그리움이 증폭되는 색이다

4월이 잔인하기로 맹골수로의 바닥만큼 깊겠는가 회오리
치겠는가

기우뚱, 가라앉은 수학여행의 선채 위로 뽀글뽀글 참담
의 문자들이 떠올랐다

구해주지 못해서 죄송합니다

다시금 노란 나비를 접어 그날을 기리는 종이컵 속의 촛불
어린이는 어른의 아버지 부끄러운 어른들의 어버이는 어
린이다

4월의 영혼들이여!
청명한 하늘이나 푸른 바닷물의 파랑은 슬픔의 파장으로
번진다.
회오리치며 파도친다

부디 천국의 계단에 오르기를
태양의 빛을 맞이하기를

뒤늦은 시 한 편을 하늘 저 편에 띄운다
민들레 홀씨에 올라 아주 먼 곳으로 데려가 달라고

라면 끓여줄게

오른손이 없는 남자가 빈 옷소매를 주머니에 찌르고 부
엌에서 반 웃으며 나옵니다
반 웃음에 실린 시난고난의 외로움이 내 쪽으로 기우뚱
넘어옵니다

커피나 한 잔 들고 가라며
남자는 부엌으로 들어가 왼손만으로 커피를 끓이고
울타리 밖은 온통 대숲 서걱대는 소리로 찰랑입니다

툇마루에 무더기로 누운 곰팡이 핀 책들도
식량 삼아 마셨을 빈 소주박스도
관심을 표명하자 화들짝 깨어날 기세입니다

씨알의 소리, 조선 철학사 개요, 현대 자본주의론, 조선
근대혁명, 예술과 사회, 작가 세계, 가난한 나라의 소리, 북
한 가극, 연극 40년, 문학 현실 상상력, 중국 종교 사상사,
사회정의, 아름다운 이 조국…

전남대 국문과 다닐 때 5.18을 당하고 전국으로 쫓기다
이 골짜기에 안겼다는
　한 시절 문학과 혁명에 심장을 바쳤던 남자의 책에서 좁
쌀 같은 벌레가 기어 나옵니다
　책벌레가 기어 나와 비스킷 조각을 물어갑니다

　이웃은 없고
　인간의 그림자가 둘 뿐인 저물녘
　외로움에 쏘이기 전에 돌아가라는 신호인지
　댓잎들 일제히 바람을 끄고 산 모기떼를 내 보냅니다

　산모기의 독침에 쏘이며
　남은 커피를 몰래 버린 집

　라면 끓여 줄게, 오 분만 더 있다 가라던 집
　대나무 숲에 폭 싸인 집
　드라마 세트장 같던 집

삼 년 지나 가보니 빈 터만 남았습니다

타지마할 같이 위하던 그 아내의 묘지조차

흔적 없습니다

너무 쉽게 사람이 죽는 이상한 계절입니다

연극

하늘의 평수가 좁은 길게 뻗은 지방 국도변이다

울기 좋은 곳은 결코 아닌데 한 번 울면 메아리가 갇히는
골이다

길 잘못 들어 사육장 뒷길로 접어들자 철창에 달라붙은
성난 울음의 이빨들

어디서 까마귀 떼가 날아와 국도변을 선회하며 훨훨 그
림자를 덮는다

철판 울타리를 지나오도록 탁구공처럼 받아치는 울음의
메아리
쿵쾅대며 뛰는 심장소리

농장 주인이 짬밥을 들고 나오자
텁,텁,텁
울음은 후렴으로 잦아든다

사육장 뒤편에서 흑염소 떼가 술렁술렁 등장한다
수탉 한 마리 뒤로 암탉 여덟 마리 따라 나온다
똥 묻은 어린 염소가 웅크려 조는 고양이 등을 핥는다

살벌하고 태연하고 이상한 동물들의 식사 시간

뻐근했던 울음 공 하나
좁은 개골창에 빠졌다가 팅팅 불은 소리의 발을 끌고
기어이 산봉우리로 올라가
길게 울고

저녁이면 개고기와 염소고기를 실은 택배차가 다녀가고
사육장 안에서 검은 연기가 솟는다

믹스커피

타고 남은 재를 곱게 쳐 시신 뒤에 앉혀 두면
후생의 발자국을 볼 수 있을 거라고 오래전에 할머니는
말씀하셨지

당신이 겁劫의 나라로 여행을 떠난 지 41 일째
갠지스 강변의 모래알만큼 고독이 기습한다는 나라

식구들 몰래 찬밥을 끓여 상식喪食을 물리면
뜨거운 믹스커피가 가장 좋은 음식이지, 밥은 안 먹어도
괜찮다
붉디붉은 죄송의 이마를 들어 염부 나무가 있는 강변으
로 나가 보네

허리에 다래키를 차고 인동꽃 덤불로 들어간 할머니는
인동 나무 아래서 향기를 채우는 뱀이 되었을까

당신이 돌아오지 않는 여행을 떠나고 41일째
동해안 어느 절집 통 바람 배경으로 젊은 사진 한 장 남겨

놓고

  사탕 알을 쥐어주듯 커피 한 잔 놓아 드리면
  할머니는 젖고 당신은 웃네

허공을 빠져나오다

그는 식사 중이었다

희미하게 누워서
성대에 연결한 고무호스에 베지밀 주사를 주유 중이었다

그가 식사 중이라
차갑게 식은 왼손을 두 손으로 잡아주며 어디서 좋은 말
을 데려와야지

창밖에 배꽃이 희고 그의 얼굴은 더욱 희고
배꽃 좋아하시잖아요 배꽃이 한창 피었네요
피었지만

그의 얼굴이 창문 쪽으로 기울며 부푼다 확대된다
천장 3m의 허공에서 그의 바깥이 창의력으로 활발하다

꽃구경 갔었잖아요
활짝 핀 배꽃 아래서 '이화에 월백'을 읊었잖아요

막걸리도 마셨잖아요

그의 오른손이 허공을 움켜쥔다
침을 흘린다
가래가 끓어오른다
몸이 들썩인다
눈물이 고인다, 이게 아닌데

나는 바삐 그의 허공을 빠져나온다
정지되었던 그의 허공으로 봄이 쳐들어오고 배꽃이 날리
고 낭만이 뛰어다닌다

이화에 월백을 한
다정이 병인 냥 한
천방지축 낭만이

같은 바다는 없어요

당신에게는 백 년 동안 술에 취해 살다 간 한량의 유전자
가 흐르고
나에게는 극지를 유랑하며 살다 간 무사의 유전자가 흐
른다

당신은 서해의 개펄에 나가 하루치 식량이나 캐며 살자
고 하지만
나는 동해의 해풍에 두통이나 말리며 살고 싶다

동해와 서해는 다른 바다일까

해가 지고 또 지는 서해는 사람을 살리는 바다라고 하고
단호하게 파도치는 동해는 냉정해서 싫다는 주장이 있다

당신은 육산에서 태어나 고기잡이를 좋아하지만
나는 악산에서 태어나 은산 철벽을 좋아한다

바다는 바다이고 산은 산이기만 한 걸까

당신은 당신에게로 나는 나에게로 돌아가는 중일까

물때 달력이 한 장 남은 서해 바닷가 야외식탁

노을과 바다는 한통속으로 붉어지고
서로 다른 주장의 연속 듣기는 재생된다

엎드려 물마시던 골짜기

한계령 말고 고성 가는 고개 너머에 골짜기 하나 있어
엎드려 물 마시던 데가 있거든

내 여기가 죽을 자리다
그 생각한지는 20년 두 넘었지

느 언니가 먼저 갈지 내가 먼저 갈지 그건 몰라
좌우지간 어떻든 간에 동생한테 얘기하는 거야

한 번 가 보까?
고성두 가구 저 위에 송지호까지 한 번 가보자
내가 쏘께

쏘긴 뭘 쏴
그냥 도시락이나 싸서 휘 돌아오면 되지

아 저 위까지 가자구?
간다니까

난 서해는 안 간다
동해루 간다

일단 동생한테 얘기하는 거야

평생 목수로 살아온 작은오빠가

시집올 때 혼수를 못해 줘서 미안하다고
물가에 집을 지어준 작은오빠가

죽을 자리에 놀러 가자고 한다
그야말로 끝내주는 경치라고

벽은 한 아름의 이면

감동은 어떻게 오는가

몸이 지르르 전기를 보내올 때
몸의 신호를 따라가는 일

커피 물 끓는 소리 가장 커지는 시간
새벽의 고요한 사위가 나를 감쌀 때

나 혼자만 이 고요를 즐길 때
어쩌다 감정이 솟구치는 문장을 만났을 때

몸은 전율한다
영혼은 감전된다

적실한 장소를 만나 계곡 물소리 들었을 때
가슴이 화르당 둥당 뛰었었지
심장 뛰는 소리에 내가 놀랐었지

설렘을 운명이라 여기고 물가에 집을 짓고 살아도
자꾸 집 밖을 나도는 이유는
사람이 상처라는 것

수 없이 떠나고 어김없이 돌아와도
이번 생의 과오는 사랑의 전율을 모른다는 것

윤리와 도덕의 그물에 갇혀서
그물 속인 줄 모르고 헤엄친다는 것

푸른 하늘 아래 자연과 독서만이
나의 오락이라는 것*

* 전혜린.

부록

  황망하게 세상을 뜬 후배 아버님의 문상을 다녀온 사람
이 상갓집에 흘린 말들을 주워와 풀어놓는데 농사일 거뜬
히 잘하시고 집안일 두루 거들고 어린 손주도 돌봐주다가
동네 초상집에 다녀온 뒤 무슨 마음이 들었는지 할멈 산소
에 올라가 약을 먹었다는 거야 재취를 구해달라는 청을 못
들은 채 흘렸더니 기에 약을 드셨다고 상주가 엄청 울더라네

  교미 중인 뱀을 낫으로 툭 갈려 허리 병을 고쳤다는 시아
버지는 구순에도 들일 잘하시고 아픈 데가 없었는데 부야
라고 씻는 걸 싫어하서 속곳만 입힌 채 목욕시키고 머리 감
기고 이발 면도에 손톱 발톱 깎아 드리면 얌전해지셨는데
가끔 속곳 앞섶을 들추며 거기도 씻어 달라 하셨는데 그럴
때마다 시아버지 등을 찰싹 때리면서 "거기는 아버지가 씻
어야지" 야단쳤는데

  니가 아무리 잘해봐야 악처만 하겠느냐
  남자는 팔십이 넘어야 철이 든단다

그렇게 쉬운 말을 망령으로 알아듣고 구순에 재취를 물색해 달라는 요청을 여러 번 묵살했는데 젊은 며느리의 목욕 수발을 받으면서 그분은 이번 생을 건너가느라 얼마나 어려운 일이 많았으려나 아찔한 세월을 모아 땅속에 묻히고도 거기에 불이 나서 두 손으로 두들기며 불두덩의 불을 끄는 불 꿈을 보여주시니 도대체 어떤 계절이 더 남았다는 것인지

할머니가 있는 바니타스

* 광주광역시 북구 석곡동 579-1, 카메라 삼성 SM-AS20K, 조리개 F1.9, 초점거리 3.600mm, 플래시 사용안함, 화이트 밸런스 자동, ISO 2001, 노출시간 1/20s. 광주 5.18 기념관 소재.

무릎 위에 해골을 안고 눈을 맞추는 백발이 있다
시력은 없고 구멍만 웅숭깊은
말은 없고 치아만 생생한
검은 해골의 턱뼈를 어루만지는 백발이 있다

쪼그라든 몸통에 울음이 고이고 있다
고인 울음이 부풀고 있다

부푸는 백발을 옆 눈으로 보는 중년이 있다
뒷짐을 지고 비스듬히

1997년 망월
광주시립묘원 제3 묘역에 묻혔던 '이름 없는 시민'이 발굴
되는
할머니가 있는 바니타스화

해골 아래 책을 받쳐주고 싶다
시계와 만년필과 꽃을 그려주고 싶다

부활과 영생의 상징인 옥수수와 월계수 가지를 그려준다면
그것은 한 편의 완성된 바니타스화

책과 지도와 악기도 없이
지갑과 반지와 술잔도 없이
해골이 발굴되고 있다

청소차와 손수레에 실려 와 아무렇게나 묻혔던
유해가 발굴되고 있다

깊은 동굴이 백발을 흡수하고 있다
동굴이 헤쳐지고 있다

다음 생을 위한 찬스
— Wonderful Life*

예쁜 건 좋은데 재현하는데 도움이 되지 않습니다
있는 그대로가 가장 좋아요

죽은 사람의 일을 재현하다니
왜 이런 일을 하는 걸까요

구름 부탁드립니다

음주가무는 한쪽으로 치워주세요
개 짖는 소리 볼륨 약간 높이시고요
모기나 각다귀 같은 건 조금만 넣으세요

감사합니다
유머를 포장해주서서

7번 8번 구름, 비행운을 비껴가세요
9번 계곡물 수위를 조금 높이세요
배경은 완벽해요

이상하네요

왜 원하지 않는 기억만 보일까요

선명하지만, 부조리한 기억이, 원하는 기억에 폭력을 가

하네요

내가 원하는 기억은 아직 재현되지 않았어요

아쉽지만 시사실로 이동합니다

단 하나의 기억만 고르세요

나머지 기억은 사라집니다

당신이 이 문장을 읽는 동안

나는 당신에 대한 기억을 잃었겠죠

필사적으로 잃었겠죠

가 버릴 건지

선택할 건지

내가 누군가의 선택이란 걸 알았지만
나의 행복은 아닌 걸요

찬스 하나 쓰겠습니다
재발 방지가 없는

* 고레에다 히로카즈 감독의 1998년 작품.

'비상하는 노래'로서의 존재론적 도정

염선옥

'비상하는 노래'로서의 존재론적 도정

염선옥

(문학평론가)

1

박재연은 교감과 공생의 시인이다. 교감과 공생은 외부세계
를 돌보면서도 그와 역동적으로 접촉하여 움직이는 운동으로
서, 내면의 침잠을 통해 찾아지는 어떤 심적 반응을 함의한다.
특별히 그의 다섯 번째 시집 『노래가 날아오른다』는 "생각이
물질이 된"(「시인의 말」) 성과로서 '생강나무 꽃향기'가 끼쳐오
는 교감과 공생의 산물이라고 할 수 있을 것이다. 그렇게 그는

자연과 합일하면서도 끊임없이 그것을 독해하고 기록하는 시인이기도 하다.

우리의 삶은 사유의 구체적 과정이 연쇄적으로 일어나는 현장과 같다. 살아있는 것과 사유하는 것이 결국 같은 것인 셈이다. 사유의 흐름이 사라지거나 유보되어가는 시대에 사유를 붙들 수 있는 유일한 방법은 그 환경을 치열하게 마주하는 것밖에 없을 것이다. 이때 사유에는 '정동情動'의 개념이 개입하게 되는데, 사유란 어떤 선험적 범주에도 가둘 수 없는 스스로 움직이는 것이기 때문이다. 그렇게 개인의 사유는 타인의 그것으로 환원할 수 없으며, 어떤 획일화된 기준으로도 규정할 수 없다. 결국 사유란 어떤 틀에도 매이지 않을 때 "순간과 찰나"(「빨강에게」)를 포착하게 되고 "큰 새의 정물"(「매의 비행술」)이 되며 "해체의 시간"(「앞산에 묻힌 피아노」)을 맞아 높이 날아오를 수 있는 것이다.

이러한 박재연의 사유는 스스로 빛을 뿌리면서 비상한다. 한나 아렌트도 강조한 바 있듯이, '난간과 기둥'은 삶의 보호대가 되어줄 수는 있지만, 사유의 비상에는 전혀 도움을 주지 못한다. 현대인은 북적이는 도심의 빽빽한 건물이나 이들을 통제하고 규율하는 규범, 윤리, 질서, 법 등 수많은 난간과 기둥이 놓인 환경에서 자유로운 사유의 비상을 꿈꾸기 어렵다. 박재연은 도심을 벗어나 다양한 생명체와 공존하면서 이러한 사유의 비상을 욕망한다. 그곳에서 다양한 생명 현상을 경험함으로써 현실에 대해 반성하는 능동적 주체로 나아가고 있는 것이다.

또한 박재연은 자연에서 도시를 그 역상(counter image)으로 바라본다. 그의 화자는 "젖을 내어주는 젖소의 멀끔한 자세"(「탄소 발자국」)를 바라볼 수 있는 데서 살고, 「동물 편」에서 보듯이 "두어 달 남쪽을 다녀"오면 그동안 집이 동물을 들이는 곳에 머물고 있다. 집은 화자와 동물을 하나의 공간에서 "낮과 밤을 사이좋게 양분하면서" 살게끔 하는데 화자가 눈빛을 확장해도 동물들은 달아나지 않고 "더 반짝/ 눈빛을" 높인다. 나아가 그의 화자는 「신발 속 산실」에서처럼 "평상 아래 둔 낡은 등산화에 나방이 알을 슬"고 "신발 속에 산실을 마련하는" 조금은 특별한 일을 체험하기도 한다. 그는 이렇듯 자연에서 수많은 생명체와 교감하면서 공생을 배우고 그들의 삶의 방식을 통해 자아를 회복해간다.

감자전을 부치려고 우유 한 잔을 밀가루에 쏟다가

젖을 내어주는 젖소의 멀끔한 자세를
퉁퉁 불은 소젖에 얼굴을 돌려 댄 사람의 은근한 표정을
축 축 쏟아지던 흰 우유 거품을 떠올린다

소는 가만히 있다

불은 젖을 주무르는 제 주인의 능란한 손놀림이 좋아서

귀를 대고 저를 듣는 은근함이 좋아서

젖소와 주인은 한 마음으로 젖을 짜는 중이다

교감하는 수고를 따라 미운 탄소발자국*이 길게 따라온다

소는 사료를 먹고 철퍼덕 똥을 누고

추 추 추 추 오줌 누고

가끔은 먼 산보며

우-웡

빈집을 들었다 놓고

나는 감자 눈을 따고 발효된 소똥 거름을 감자밭에 뿌리고

아무것도 모르는 감자알은 씽씽 굵어지고

감자에 싹이 난다 잎사귀에 감자 감자 감자

　　　　　　　　　　　　　　　　　　―「탄소 발자국」부분

　그가 찾아가 머무는 공간은 다양한 생명체가 존재하는 곳이다. 그런 데서 화자는 "감자전을 부치려고 우유 한 잔을 밀가루에 쏟다가" 젖을 내어주는 젖소를 바라본다. 젖을 짜는 동안 소는 가만히 있을 뿐인데, 그것은 주인과 한 마음으로 "교감하

149

는 수고"를 소가 알고 있기 때문이다. 소가 사료를 먹고 배설을 하고 가끔 먼 산을 바라볼 때도 화자는 "발효된 소똥 거름을 감자밭에" 뿌린다. 그때 "아무것도 모르는 감자알은 씽씽 굵어지고/ 감자에 싹이" 나고 "잎사귀에 감자 감자 감자"가 열린다. 결국 소와 화자 사이의 교감과 공생 과정은 생명을 이어주는 기능을 자연스럽게 실현한다.

박재연의 시에서 인간은 그저 "낮과 밤을 사이좋게 양분"(「동물 편」)하여 공간을 나누어 쓰는 존재일 뿐이다. "흙집에 사는 일은 벌레와 짐승과의 동거/ 때 없이 자고 일어나 때 없이 불청객을 맞는 일"(「흙집」)이듯, 그가 사는 곳에는 "어리별 쌍살벌"이 종종 출몰하고 "무당벌레 파리도 기어 나와 웽 웽/ 돌다 떨어"진다. "끈끈이를 놓아 쥐를 잡"고 "원하지 않는 미물의 생사여탈권을 쥐고" 있지만 화자는 "눈을 떴다 감았다/ 생각이" 많을 뿐이다. 서정시라고 하면 '나무', '하늘', '꽃' 등의 시어가 빈출하게 마련인데, 박재연의 시에서 자연 서정에는 그보다 훨씬 더 광폭의 생명 현상이 드러나고 있는 것이다.

2

박재연은 고갈의 땅인 도시에서 벗어나 자연을 바라볼 때 어떤 회복의 운동이 일어나고 있음을 증언하는 시인이다. 이런 방식은 도시에 대한 원천적 부정을 통한 것이 아니라, 불교적으로 말하면 제육식第六識 단계에 놓인 화자가 경계를 분별하는 능력에서 비롯되는 것이다. 불교에서는 안眼·이耳·비鼻·설舌·신身이라는 전오식前五識을 통과한 제육식 단계를 설명하는데, 전오식은 즉각적 식별만 가능할 뿐 스스로 인식할 수 없지만, 제육식 단계에 이르면 전오식을 통해 들어온 정보를 분별하고 인식하여 언어로 출력할 수 있다고 강조한다. 박재연의 의식은 전오식을 통과하여 경험을 통해 뿜어져 나오는 사유의 분수로 비유될 수 있을 것이다. 화자는 「빨강에게」에서처럼 "빨강이 꿈틀"대는 것을 바라보고 "발효가 끝난 포도주의 시간"을 파열로 읽어내며 "순간과 찰나를 좋아하는 빨강"과 나뭇잎에 맺힌 "타오르는 빨강"을 파악해낸다. 그는 "마음의 불"을 장맛비가 꺼줄 것이라고 믿으면서 비를 맞다 비가 리듬이 되는 것을 목격하기도 한다. "물질이 된 분노의 감정"이 "먼 바다를 헤엄"치는 것을 보면서 "한낱 물거품이 되어 돌아오는 불의 감정들"을 깨닫는 것이다. 그럼으로써 화자는 구속된 자아로부터 해방감을 경험한다. "사후의 발원지는 어디에서 시작할까."(「비의 후일담」)라고 물으면서 전오식을 관통한 제육식 단계에서의 사유를 피워낸 것이다.

　그렇게 박재연의 화자는 공감과 공생의 동료를 '우리'로 호명하면서 "우리는 같은 시기에 각자의 극지로 떠"(「극지에서」)나는 존재임을 인식한다. 이러한 깨달음은 "미세한 균열을 찾아서/ 깊고 깊은 우물을 비추는 작업이"고 "실낱같은 희망을

찾는 일"(「MRI」)이 된다. 어쩌면 미세한 틈 사이에서 다른 존
재자를 인식하는 일은 자연과의 합일을 추구하면서 인간의 굴
레를 "해체의 시간"(「앞산에 묻힌 피아노」) 앞에 가지런히 놓아
두는 일일지도 모른다.

불의 혀가 지나간 불탄 산을 바라보네

길길이 뛰는 불춤을 보는 바다는
바다의 마음은
물마루를 일으켜도 산맥을 넘지 못하지

풍랑을 밀어와 모래알이나 쓸어갈 뿐

높은 봉의 암자에 사는 스님께
불이 날뛰면 어디로 피하시냐 물었더니
웃으면서 땅 속 굴로 들어간다 하셨지

마음의 화기를 식히려고 바닷가 마을에 와서
불탄 산을 바라보네

산의 맨살, 흙의 나신, 삭발한 굴곡, 골짜기의 관능
물과 불과 바람과 흙의 원소를 보고 있네

152

어떤 것은 대립하고 어떤 것은 호응하는

마음의 불도 맞불로 태워야 사라지는 것인지
재가 된 뒤에는 누구의 발자국이 걸어가는지

가까이 소나무 숲에서 흔들림이 진동하네
숲의 정수리에서 태어나 밀물 져 돌아오는 바람의 씨앗들
귀곡성의 바람이 호루라기를 불며 창문 틈을 비집고 들어
오네

…(중략)…

화기를 기억하는 민둥산에서
보송보송한 나무의 싹들이 움을 틔우며 올라오네
                                        ―「불탄 산」 부분

　화자는 "마음의 화기를 식히려고 바닷가 마을에" 갔지만 정
작 마주한 창밖에는 '죽음의 풍경'이 있을 뿐이다. 그는 '불탄
산'을 통해 "산의 맨살, 흙의 나신, 삭발한 굴곡, 골짜기의 관
능" 속에서 "물과 불과 바람과 흙의 원소"를 바라보게 된다. 비
물질 형상의 생명이 죽음에 이르러서는 '원소'라는 물질로 남

는다는 근원적 깨달음은 '사유'라는 비물질이 '시'를 통해 물질화되는 것으로 치환될 수 있을 것이다. "길길이 뛰는 불춤을 보는 바다는/ 바다의 마음은/ 물마루를 일으켜도 산맥을 넘지" 못할 뿐이라는 안타까움은 산의 죽음을 막지 못한다는 것을 뜻하는 것이 아니라 인간만이 필멸의 존재가 아님을 보여주는 것이다. 자연의 생명은 누리는 시간이 조금씩 다를 뿐 "같은 시기에 각자의 극지로 떠"(「극지에서」)나는 면에서는 공통되기 때문이다. 가스통 바슐라르는 4원소를 통해 과학과 문학 사이, 합리성과 상상계 사이의 관계를 검토하여 그것들이 서로 대립적일 수도 있고 보완적일 수도 있음을 말했는데, 박재연은 죽음이 비록 생명의 대척점에 있지만 죽음이야말로 생명을 움틔우는 상보적인 것임을 말하는 데로 나아간다, 따라서 그의 죽음은 절망이 아니라 "화기를 기억하는 민둥산에서/ 보송보송한 나무의 싹들이 움을" 틔우는 희망이라는 이법으로 이어지고 있는 것이다.

3

이렇게 박재연의 사유는 노래가 날아오르듯 서서히 비상한다. 하지만 그가 생명의 순환성에 근거한 죽음을 인식한다고 하더라도 그것은 궁극적으로 '덧없음'으로 회귀한다. 우리는 생명과 비상을 뜻하는 '파랑'이 박재연으로 하여금 세월호 희

생자를 떠올리게끔 하는 환유가 되는 것을 발견하는데, 「파
랑」에서 그는 "야만의 바다에 안개는 수상하고 수장된 세월호
에서 발신된 애타는 구호 문자는 아직도 팽목항을 떠돈다"라
고 기억한다. "맑게 갠 하늘이나 멀리 보이는 바닷물의 빛깔로
허방이나 허공의 슬픔을 건디는 색" 속에서 눈을 감으면 아직
도 그리움으로 증폭되는 생명을 상상하는 것이다. 이렇듯 시
인에게 죽음이란 '공空'이고 '허虛'로 찾아온다. 화자는 "이제는
그만하자고 지겹다고 말하지 말자"라면서 윌리엄 워즈워스의
절창 「무지개(My Heart Leaps Up)」를 변주하는데, "어린이는
어른의 아버지"를 "어린이는 어른의 아버지 부끄러운 어른들
의 어버이는 어린이다"로 변형하여 노래한 것이다. "청명한
하늘이나 푸른 바닷물의 파랑은 슬픔의 파장으로" 번져가고
무지개를 보면서도 가슴이 뛰지 않는다면, 어린 목숨들에서
"슬픔의 파장"을 읽어내지 못한다면, "뒤늦은 시 한 편을 하늘
저편에" 띄우면서 "민들레 홀씨에 올라 아주 먼 곳으로 데려가
달라고" 기원하는 것이다.

　이어 박재연은 "5.18을 당하고 전국으로 쫓기다 이 골짜기
에 안겼다는/ 한 시절 문학과 혁명에 심장을 바쳤던 남자"를
통해 "너무 쉽게 사람이 죽는"(「라면 끓여줄게」) 비이성적 현실
을 보여준다. 「할머니가 있는 바니타스」에 이르러서는 삶과
죽음에 관한 사유를 확장하면서, 무덤 앞에서 "무릎 위에 해골
을 안고 눈을 맞추는 백발" 사진을 전면에 배치한다. 시인은

"시력은 없고 구멍만 웅숭깊은/ 말은 없고 치아만 생생한/ 검은 해골의 턱뼈를 어루만지는 백발"을 통해 "쪼그라든 몸통"에 고여 있는 울음이 부풀어 오르고 있음을 본다. 뒤바뀐 죽음의 순서 앞에서 망연자실하고 있는 할머니 사진은 생의 공허함을 낱낱이 보여주는데, 제목에 나오는 '바니타스 정물화(Still Life with a Skull)'는 중세 말기에 전쟁과 흑사병 등 비극적 경험을 했던 민중들에게 출연한 장르로서 '공허', '덧없음'을 뜻한다. '삶에 깃든 해골'이란 바로 그 어원처럼 어린 생명을 먼저 보낸 살아있는 자들의 죽어있는 삶 자체가 아닐까?

궁극적으로 박재연은 삶과 죽음에 관한 사유를 "바니타스, 바니타툼, 옴니아 바니타스."라고 정의한다. "세상 모든 일은 다 헛되고 헛되고 헛된 일일까"라고 물으면서 동시에 그것을 무형無形의 해답으로 제시한 것이다. 「사탕 한 바구니」에서처럼 "어제같이 내일같이 평소를 나누어 쓰던 이웃 사람이/ 불행이 빠져나갈 틈도 없이 폐암으로" 떠나고 남은 것은 "사탕 한 바구니"였는데, 이때 몇 날 며칠 동안은 이웃이 파도를 타며 출렁일 뿐이었다. 인생의 간결함과 덧없음을 수긍하는 이러한 태도야말로 시인이 읽어내는 생과 사의 진정한 모습이 된다. 결국 박재연에게 생이란 "겹겹의 철문"으로 간힌 공간에서 이루어지는 것인지도 모른다. 시인은 "감시와 처벌이 있는 방음벽 안에서" 혹은 "꽉 막힌 강당 안에서" 살아가는 것이 생이라고 하더라도, 노래처럼 비상하여 나아가라고 우리에게

권면한다. 그리고 우리는 "벽과 천장에 부딪쳐/ 둥글게 떨어지는 노래들"(「노래가 날아오른다」)처럼 살라는 그의 요청을 받아들이게 된다. 그러한 과정을 통해 시인도 우리도 비로소 "나는 이제 가벼워졌다"(「세설원」)라고 고백할 수 있게 될 것이니까 말이다.

박재연의 『노래가 날아오른다』는 밀란 쿤데라의 『참을 수 없는 존재의 가벼움』을 환기해준다. 쿤데라는 니체의 '영원회귀'를 인용하여 가벼움과 무거움을 오가면서 삶의 무게와 존재의 가벼움을 설명하였다. 그는 "모든 모순 중에서 무거운 것-가벼운 것의 모순이 가장 신비롭고 가장 미묘하다."라고 말한 바 있다. 만일 우리가 겪은 일들이 무한 반복된다면 한번 주어진 생은 아무런 무게도 없고 가벼운 것이라고 할 수 있을까? 반대로 현재의 순간이 영원하다면 그것을 그저 가벼운 것이라고 단정할 수 있을까? 니체는 영원회귀 속에서 가벼움과 무거움이 충돌을 일으켜도 그것을 긍정하면서 자신만의 삶을 살아야 한다고 하였는데, 이러한 사유야말로 중력을 이겨내는 힘이며 저항을 이겨내는 추진력일 것이기 때문이다.

박재연의 시집은 비상하는 '노래'가 됨으로써 이러한 요청을 수용하는 실존적 기록이 된다. 이때 "날아오른다"는 표현은 가벼운 비상에 머물지 않고, 중력과도 같은 시련을 이겨내는 힘으로 전환된다. 누군가 비행할 때 비로소 존재의 가벼움이 펼쳐질 수 있음을 뜻하는 것이다. 비록 현실의 자아가 삶의 무게에서 벗어나지 못할지라도, 박재연은 삶의 네거리에 무질서하게 오가는 무수한 상황과 맞서며 스스로의 비상을 상상하고 감행하는 시인이다. 자연과 생명 앞에서 교감과 공존의 원리를 깨닫고 "조금은 특별한 일"(「신발 속 산실」)을 포착하면서, 그는 우연한 사건에서 사유를 확장해나가고 생과 사의 의미를 깨달아간다. 생에 깃든 무수한 죽음에도 절망하지 않고 특유의 미적 감각으로 존재론적 균형을 잡아간다. 박재연의 다섯 번째 시집에 담긴 이러한 "실낱같은 희망"(「MRI」)에 강렬한 비상의 의지가 숨겨져 있는 것이다.▨

| 박재연 |

강원도 인제에서 태어나 2004년 『강원작가』로 등단했다. 상지영서
대학교 문예창작학과 및 한국방송통신대학교 중어중문학과, 국선도
대학(5기)을 졸업했다. 시집으로 『쾌락의 뒷면』 『지네』 『아버지는
여장을 하고』 『텔레파시폰의 시간』이 있다. 현재 한국작가회의 회
원이다.

이메일 : sonamu150@hanmail.net

현대시 기획선 077

노래가 날아오른다

초판 인쇄 · 2022년 10월 21일
초판 발행 · 2022년 10월 27일
지은이 · 박재연
펴낸이 · 이선희
펴낸곳 · 한국문연
서울 서대문구 증가로 31길 39, 202호
출판등록 1988년 3월 3일 제3-188호
대표전화 302-2717 | 팩스 · 6442-6053
디지털 현대시 www.koreapoem.co.kr
이메일 koreapoem@hanmail.net

ⓒ 박재연 2022
ISBN 978-89-6104-320-5 03810

값 12,000원

＊ 이 시집은 2022 강원도, 강원문화재단 후원으로 제작되었습니다.